SUCCESSION

Madame la Comtesse de Castiglione

Très beaux Bijoux

IMPORTANT COLLIER DE CINQ RANGS DE PERLES

OBJETS D'ART

DE VITRINE ET D'AMEUBLEMENT

TABLEAUX   PORTRAITS

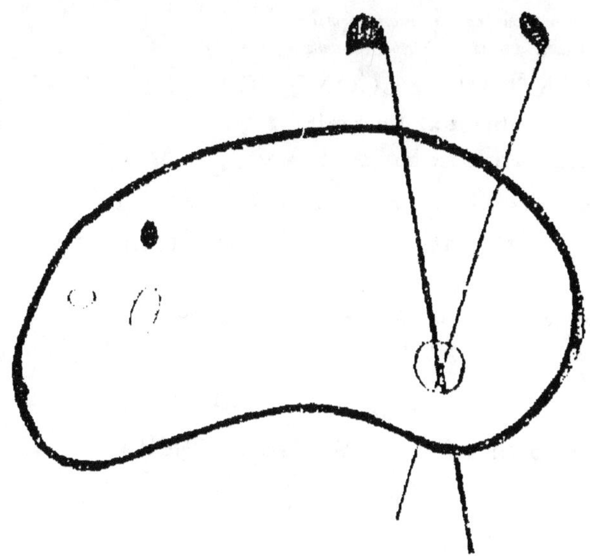

CATALOGUE

DE

Très beaux Bijoux

IMPORTANT COLLIER DE CINQ RANGS DE PERLES

Belles perles sur papier

PARURES, BRACELETS, BROCHES, BOUTONS D'OREILLES, BAGUES, ÉPINGLES

EN BRILLANTS ET PIERRES DE COULEUR

Bijoux de fantaisie, Argenterie

Eventails, Objets de vitrine, Dentelles, Livres

SOUVENIRS DU SECOND EMPIRE

Tableaux, Portraits

MEUBLES, OBJETS D'ART

dont la vente aura lieu par suite du décès de

Madame la Comtesse de Castiglione

HOTEL DROUOT, SALLE N° 1

Les Mercredi 26, Jeudi 27, Vendredi 28 et Samedi 29 Juin 1901

à deux heures

Par le Ministère de :

Mᶜ Emile **BOUDIN**	Mᶜ **LAIR DUBREUIL**
COMMISSAIRE-PRISEUR	COMMISSAIRE-PRISEUR
102, Rue Richelieu, 102	6, Rue de Hanovre, 6

Assistés de :

M. André **AUCOC**	M. Arthur **BLOCHE**
EXPERT-JOAILLIER	EXPERT PRÈS LA COUR D'APPEL
6, Rue de la Paix, 6	28, Rue de Châteaudun 28

EXPOSITIONS :

Particulière le Lundi 24 Juin 1901, de 2 h. à 6 h.
Publique le Mardi 25 Juin 1901, de 1 h. 1/2 à 5 h. 1/2.

LE PRÉSENT CATALOGUE SE TROUVE A

Paris	Chez Mᵉ Émile Boudin, commissaire-priseur, 102, rue Richelieu.
	Chez Mᵉ Lair Dubreuil, commissaire pri-seur, successeur de Mᵉ Duchesne, 6, rue de Hanovre
	Chez M. A. Aucoc, expert-joaillier, 6, rue de la Paix.
	Chez M. A. Bloche, expert près la Cour d'Ap-pel, 28, rue de Châteaudun.
Londres.	Chez M. F. Davis, 149, New Bond Street.
Rome.	Galerie Sangiorgi, Palais Borghèse.
Florence.	Chez M. Galli Dunn, rue Campidoglio.
Berlin	Chez M. Gérard van Aaquen, 22, Markgra-fenstrasse.
Francfort-sur-Mein.	Chez MM. Goldschmidt, joailliers, 15, Kaizer-strasse.
—	Chez M. Altmann, 3, Am Salzhaus.
Cologne.	Chez MM. Bourgeois frères, Museumplatz.
Munich	Chez M. Bernheimer, 3, Maximilien Platz.
Amsterdam.	Chez M. J. Boasberg, 63, Kalverstraat.

CONDITIONS DE LA VENTE

La vente sera faite *expressément* au comptant.

Les acquéreurs paieront, en sus des adjudications, *dix pour cent*.

L'exposition mettant le public à même de se rendre compte de l'état des
objets, il ne sera admis aucune réclamation une fois l'adjudication prononcée,

Paris. — Imprimerie Ménard et Chaufour, 8-10, rue Milton.

DÉSIGNATION

PERLES

1 — Collier de perles de cinq rangs composé de 279 perles pesant ensemble 3,838 grains. (*Pourra être divisé*).

2 — Vingt grosses perles sur papier pesant ensemble 1,011 grains.

3 — Vingt et une perles pesant ensemble 196 grains.

4 — Dix-huit perles pesant ensemble 40 grains.

5 — Une perle pesant 22 grains.

6 — Une broche composée d'une perle blanche entourée de brillants (la perle pèse 48 grains 1/2).

7 — Deux broches composées chacune d'une perle robole et de deux brillants.

8 — Deux appliques perles saumons, montées sur palmettes or serties de brillants.

9 — Une pendeloque perle grise, culots en brillants, monture or.

10 — Une pendeloque perle blanche, culots en roses.

11 — Broche cœur formé d'une grosse perle baroque, monture rubis, émeraudes et roses.

12 — Broche forme cœur double entourage de brillants et roses.

13 — Pendant composé d'une perle blanche et de huit brillants, monture en or.

14 — Broche forme flèche, ornée de trois perles et de roses, monture en or.

15 — Broche cornemuse formée d'une perle coquille, monture or, émeraudes et roses.

16 — Demi parure feuilles or émaillé vert, avec roses et perles.

17 — Epingle de cravate, perle poire.

18 — Epingle de cravate, perle ronde.

19 — Bague perle blanche poire, forme coquille en brillants.

20 — Bague perle blanche ronde, coquille rose, avec rubis sur le corps.

21 — Etoile avec perle blanche au centre, monture en or, enrichie de brillants.

22 — Demi parure composée d'une broche et de pendants d'oreilles en perles, brillants et roses.

23 — Médaillon rond en demi perles, rubis et roses.

24 — Bracelet de huit rangs avec six appliques en demi perles.

25 — Coquille montée sur or garnie de quatre perles collées intérieurement et de huit perles sur la monture.

26 — Deux épingles de cravate en perles de rivière.

27 — Petit collier de quarante perles de rivière et de vingt-neuf brillants.

BRILLANTS

PIERRES DE COULEUR

28 — Bracelet montre composé d'une grosse émeraude cabochon, entourage brillants, avec chaine enrichie de quatre émeraudes boules cabochons.

29 — Broche forme volubilis, feuilles en émeraudes taillés, cabochons et corolles en brillants.

30 — Pendant de cou en émeraude, brillants et perle rose.

31 — Grosse broche émeraude entourage brillants.

32 — Bracelet orné d'un rubis, deux émeraudes et deux brillants.

33 — Broche mouche en émeraude, rubis et brillants.

34 — Fer à cheval, émeraudes, rubis et brillants.

35 — Petite bague formée de cinq émeraudes.

36 — Bague émeraude, rubis et brillants.

37 — Médaillon formé de trois fers à cheval enrichis d'émeraudes, rubis et brillants incrustés sur cristal.

38. — Broche, initiale V entrelacée en brillants.

39 — Petite broche émeraude, entourage brillants pouvant s'adapter à la broche précédente.

40 — Fermoir de collier composé d'un gros brillant rose, entourage brillants.

41 — Grosse broche de corsage feuillagée d'or, sertie de brillants et roses, (très fin travail de joaillerie).

42 — Collier de chien, en brillants montés sur velours: *Nicchia*.

43 — Deux broches rondes VV en roses, entourages émeraudes, brillants et rubis.

44 — Broche jarretière or brillants, devise en rose: *J'appartiens à mon maître.*

45 — Bague brillant, forme losange.

46 — Bague enrichie de cinq brillants.

47 — Bague chevalière, ornée d'un brillant.

48 — Bague en roses: Virginie.

49 — Trois bagues, or émaillé et brillants.

50 — Bague jonc, ornée de trois brillants.

51 — Deux pendants chandelles, enrichis de brillants.

52 — Deux pendeloques brillants.

53 — Deux pendants d'oreilles anciens, en vieux brillants.

54 — Bague formée de cinq rubis.

55 — Bague, formée d'un rubis et de deux brillants.

56-57 — Quatre bagues dont deux en turquoises, une avec rubis, une avec perle.

58 — Pendant forme cœur, avec turquoise, entourée de brillants.

59 — Deux pendants en turquoise, double entourage de brillants.

60 — Bague, pierre bleue, entourage brillants.

61 — Fer à cheval, en rubis calibrés, entourage en roses.

62 — Grande broche camée turquoise, monture genre Renaissance.

63 — Broche or Campana, ornée d'un talisman turquoise.

64 — Médaillon or, forme cœur, enrichie de turquoise, de roses et de perles.

65 — Quatre bracelets en or, avec inscription en roses : « *Remember, Dieu vous garde. aïe* ».

66 — Bracelet en or émaillé bleu, avec plaque au centre portant un caniche ronde bosse dont le corps est formé d'une perle robole.

67 — Boucle de ceinture en perles, brillants et roses.

68 — Croix en perles de rivière et grenat.

69 — Bracelet semaine, en or, orné de pierres de fantaisie (perles, émeraudes, corail, turquoise, améthyste et grenat).

70 — Collier à cinq boules en cristal de roche, orné de mouches en pierres de couleur avec broche de même modèle.

71 — Bracelet porte-bonheur, saphir cabochon.

72 — Bracelet en brillants, émeraudes et rubis avec devise : *Salve*.

73 — Bracelet, serpent or émaillé rouge et blanc, tête sertie d'émeraudes et brilllants.

74 — Bracelet en pierres de fantaisie (émeraudes, améthystes, grenats et roses) avec chaîne garnie d'améthystes en boules.

75 — Bracelet or émaillé noir, étoile en brillants.

76 — Bracelet formé de six demi boules serties d'un brillant entouré de petites turquoises.

77 — Bracelet or émaillé violet avec devise : *Dieu vous garde*, en roses.

78 — Bracelet en or émaillé bleu avec devise.

79 — Bracelet or avec pendant formé d'une croix en brillants.

80 — Huit bagues, anneaux ou alliances en or.

81 — Douze boutons de manchettes en or, partie ornée de pierres de couleurs et brillants.

82 — Quatre boutons de manchettes cristal.

83 — Dix-huit boutons divers dont partie en émail.

84 — Quatre petites pendeloques ovoïdes, or émaillé noir.

85 — Cinq cachets or, argent, cristal.

86 — Flacons cristal, monture en or hissé et orné de grenats cabochons.

87 — Petit boite à pans en émail de Genève, entourage de demi-perles.

87 bis — Petit vase à odeurs avec sa chaînette et sa bague, or émaillé bleu à décors de fleurs.

88 — Flacon à odeur en or émaillé à décors de personnages.

89 — Bonbonnière ronde en or émaillé à décors de personnages.

90 — Bonbonnière ronde en or émaillé vert à décors de fleurs.

91 — Flacon en cristal, argent doré.

92 — Double flacon en cristal, monture argent doré.

93 — Epingle de cravate et deux boutons de manchettes émail.

94 — Douze petits boutons en or émaillé à décors de têtes de femmes.

95 — Trois breloques (livres, sifflet, clef).

96 — Parure or émaillé garni de pierres de couleurs comprenant un bracelet, un pendant, deux boucles d'oreilles.

97 — Parure or émaillé garni de pierres de couleurs comprenant un bracelet, trois broches, deux boucles d'oreilles.

98 — Huit épingles, une châtelaine, une agrafe double, deux broches. un peigne en or émaillé garni de pierres de couleurs complétant le numéro précédent.

99 — Un peigne, cinq épingles, une boule, une broche, deux boutons de manchettes et dix boules en turquoises et roses.

100 — Pendant formé d'une madone, en or, argent émaillé orné de pierres de couleur.

101 — Chaîne de gilet en or avec cachet.

102 — Chaîne sautoir en or.

103 — Chaîne sautoir très fine, et deux petits colliers.

104 — Deux colliers souples.

105 — Deux bracelets souples.

106 — Bracelet souple avec médaillon en turquoises.

107 — Bracelet fil avec petites roses.

108 — Broche or avec devise : *Amo te.*

109 — Une broche ronde or VV couronnés.

110 — Une broche cercles entrelacés.

111 — Deux broches Campana en lapis.

112 — Deux broches mouche et nœuds formant médaillons.

113 — Une broche ovale : *Sébastopol, 8 septembre 1855,* et initiales.

114 — Une broche ronde or émaillé avec initiales V.

115 — Montre à boîte de chasse en or avec attributs de chasse et armoiries en reliefs. Argent.

116 — Montre en or émaillé noir avec armoiries.

117 — Deux petites montres de col dont une à boîte de chasse.

118 — Petite montre de dame or, renfermée dans une feuille de vigne en or émaillé vert.

119 — Broche or à décors de personnanages Louis XVI.

120 — Neuf boutons de manchettes, un coulant de cravate couronne en or.

121 — Deux médaillons ronds, un médaillon coquille d'huître et chaînette, une grande broche, deux petites broches rondes, ornées de lapis, grenats et roses.

122 — Une broche, un collier, un lot de boutons onyx, quatre broches grenats, une broche or émaillé, une broche sphynx.

123 — Cuirasse en or, rubis et roses formant médaillon.

124 — Epingle, casque formé d'une perle baroque, monture or.

125 — Fer à cheval or émaillé vert et rubis.

126 — Deux broches coquille avec perle, aile avec perle.

127 — Coulant, fer à cheval et une bague jonc turquoises et roses.

128 — Jarretière formant broche, en émail rouge et brillants.

129 — Deux épingles de cravate lapis roses et émeraudes.

130 — Fermoir de collier formé de quatre émeraudes.

131 — Médaillon en cristal : *Aci*, entourage roses.

132 — Une liseuse V avec couronne.

133 — Trois broches et quatorze boutons améthystes et roses.

134 — Quatre colliers, corail, améthyste, ambre et lapis.

135 — Un fort lot de broches, boutons en lapis, marbre, onyx, corail, grenat, montés or.

136 — Chaîne sautoir or émaillé noir et une autre en perles d'or.

137 — Deux boîtes d'allumettes, deux pendants d'oreilles cristal de roche, une petite croix or et argent, deux coquilles, deux breloques.

138 — Six broches or mosaïque, camées, cristal perido et cornalines.

139 — Porte-mine canon or et un porte-mine porte-plume argent doré.

140 — Châtelaine cuivre.

141 — Monture de bracelet or et améthyste.

142 — Lot de débris.

143 — Bonbonnière, argent russe

144 — Deux croix onyx et argent émaillé.

145 — Deux rubis sur papier.

146 — Une perle sur papier.

147 — Un lot de turquoises sur papier.

148 — Améthyste avec chiffre en roses.

149 — Huit perles blanches sur papier.

150 — Montre plate or, boîte guillochée ornée d'armoiries.

151 — Six breloques (clef, cachet, médaillon, sifflet).

152 — Montre or à répétition, la sonnerie est produite par deux amours qui sortent de la montre et viennent frapper sur la faulx du Temps.

153 — Montre or, à double boitier.

154 — Épingle de cravate, étoile or.

155 — Chaîne de gilet en or, avec coulant en jaspe sanguin orné de rubis.

156 — Deux médaillons ornés de roses, dont un aux armes de Savoie.

157 — Un anneau, une bague avec ancre en roses, et petite broche croissant or.

158 — Chaîne de gilet argent, sujet de chasse.

159 — Dizaine de chapelet améthyste, une bourse argent.

160 — Une croix et deux pendants en cailloux, monture or et argent doré.

161 — Monture de peigne en coquille de nacre, monture argent.

162 — Médaillon avec initiales, entourages petites perles.

163 — Bracelet cheveux, serrure or émaillé avec clef.

164 — Bracelet souple or, avec médaillon orné de perles fines, contenant une miniature portrait d'homme.

165 — Monture de bracelet or.

166 — Collier en corail rose, avec pendentif formé de deux mains en corail tenant un chien en corail.

167 — Un lot de breloques en corail.

168 — Cœur en or, avec initiales de la comtesse de Castiglione et ornements platine.

169 — Coulant de cravate fer à cheval or, et ancre en platine.

170 — Épingle de cravate tortue.

171 — Cachet, buste de nègre en émail, turban orné de roses.

172 — Cachet amour en corail.

173 — Coquille d'huître en jaspe sanguin.

174 — Cinq pièces breloques, (noisette contenant nécessaire de travail, cœur, cachet pour coquillage).

175 — Chaîne de montre, or et corail.

176 — Médaillon or, avec le portrait de Napoléon III et de l'Impératrice Eugénie.

177 — Deux bagues or, l'une ornée d'un grenat, l'autre ornée d'une scène villageoise.

178 — Petite montre de col or émaillé bleu, avec sa chaînette or.

179 — Trois breloques or. enfant dans un berceau, cor de chasse formant cachet.

180 — Onze bagues diverses en or ornées de pierres par partie, et de devises.

181 — Deux bagues or, ornées de brillants, roses et émeraudes.

182 — Onze petites breloques, or, argent et argent doré, (moulin, locomotive, aigle, reliquaire, monocle, canon, amphore, etc.)

183 — Huit breloques (chèvres, main tenant un poignard, etc.).

184 — Paire de lunettes or.

185 — Porte-plume porte-mine or.

186 — Montre et sa châtelaine, attributs de course, or et argent.

187 — Collier or et pierres vertes taillées en cabochons poires.

188 — Médaillon miniature : Portrait de femme.

189 — Croix pendant de cou, acier damasquiné.

190 — Couteau en écaille ornée de fleurs de lys.

191 — Porte-photographie se repliant, acier damasquiné.

192 — Epingle de cravate en or formée d'une boule de cristal, entourage de feuillage en or.

193 — Trois chaînes et bouts de chaîne or et or émaillé et cinq anneaux brisés or.

194 — Une épée, un bracelet, une agrafe double, une broche carquois, une broche ancre, deux pendants d'oreilles, deux petites broches rondes, trois épingles à tête et quinze pièces formant une parure démontée en filigrane d'argent doré.

195 — Une épée, une flèche, un bracelet, trois broches rondes, une broche carquois, une broche papillon, deux boutons de manchettes, huit agrafes avec chaînettes, cinq épingles à bonnets, un fort lot de boules, en filigrane d'argent.

196 — Huit épingles filigrane d'argent pour bonnets et neuf boutons filigranes d'argent.

197 — Deux colliers en corail.

198 — Quarante-trois épingles à bonnet en argent, forme plate.

199 — Deux broches rondes en strass.

200 — Petite broche ornée d'une pierre fausse.

201 — Très belle boîte ovale en or émaillé, le centre orné de vues de monuments orientaux, et avec compartiments de fleurs, fruits et accessoires divers. Etui en galuchat.

202 — Carnet de bal forme éventail en ivoire. Monture argent doré.

203 — Petit olifant en or.

204 — Petit presse-papier en argent.

205 — Embouchure de narghilé en ambre avec bague ornée de brillants et émeraudes.

206 — Trois embouchures de narghilé en ambre.

207 — Flacon à sels, porcelaine de Chine. Monture argent doré.

208 — Flacon à odeur, cristal, monture argent doré.

209 — Flacon à sels, cristal, monture argent.

210 — Flacon à sels, cristal rouge, monture or.

211 — Etui en porcelaine de Saxe, monture or.

212 — Bonbonnière en cristal, plaquette en or ouvré, montre entre deux verres, monture or.

213 — Un carnet de bal en cristal à décor de motifs en argent, avec porte-mine argent.

214 — Porte-mine argent doré surmonté d'une pierre verte.

215 — Porte-cartes filigrane d'argent.

216 — Bonbonnière ronde argentée, intérieur or.

217 — Bonbonnière ronde filigrane d'argent.

218 — Très beau carnet de bal en écaille montée en or, renfermant intérieurement une miniature du roi Victor-Emmanuel, crayon porte-mine en or.

219 — Croix en argent s'ouvrant et renfermant un jeu de clefs de sûreté.

ARGENTERIE, MÉTAL

220 — Louche, douze couverts de table, six couverts à entremets et six cuillers à café en argent uni.

221 — Deux grands couverts à ragouts.

222 — Petite louche, deux cuillers à sauce, une cuiller à compote.

223 — Service à poisson de deux pièces, une truelle à poisson.

224 — Deux pelles à glace.

225 — Une pince à asperges.

226 — Une pince à salade.

227 — Un ramasse-miettes.

228 — Deux pelles à beurre, une pince à sucre, une cuiller à sucre, une cuiller à moutarde.

229 — Porte-menu, manche ivoire.

230 — Petit plateau ovale, en métal.

231 — Plateau d'huilier, une sonnette.

232 — Douze grands couteaux de table, manche en argent.

233 — Cinq couteaux à dessert, avec manche argent.

234 — Cinq couteaux à dessert, lame et manche argent.

235 — Quatre cuillers genre Renaissance en vermeil, le manche surmonté d'un petit personnage.

236 — Six cuillers à café, vermeil, manche à palmettes.

237 — Cuiller à sucre en poudre et une petite cuillère en vermeil.

238 — Couverture de livre, vermeil, aux initiales de la Comtesse de Castiglione.

239 — Plat et coupe en métal argenté, style Renaissance.

240 — Buire en argent, style Renaissance, anse à figure d'enfant et ceps de vigne en bronze doré.

241 — Broc, décor de poissons (prix de tir aux pigeons à Dieppe).

242 — Petit panier, porte-carafon avec anse.

243 — Service à thé en argent, comprenant grande bouilloire avec son pied et sa lampe, une théière, un pot à lait, un sucrier et son intérieur, décor à personnages chinois.

244 — Trois plats longs dont un creux en argent, chiffre gravé.

245 — Gobelet en argent à décor d'oiseaux, travail chinois.

246 — Huilier en cristal sur pied en argent gravé.

247 — Dix couverts à entremets en vermeil.

248 — Douze couteaux manches nacre, lames en vermeil.

249 — Dix cuillers à café en vermeil.

250 — Pince à sucre, cuiller à sucre, deux cuillers à compote, une cuiller à glace en vermeil.

251 — Quatre couteaux, manches argent, lames d'acier.

252 — Gobelet sur piedouche, argent ciselé et gravé, décor en relief à sujets de chasse.

253 — Petite pince à sucre, une cuiller à café et deux liseuses en argent.

254 — Dix-huit assiettes en métal argenté, chiffre gravé.

255 — Six assiettes métal doré.

256 — Ménagère en métal argenté.

257 — Théière, sucrier et pot de crème en métal argenté.

258 — Fontaine à thé en métal argenté.

259 — Six supports en métal argenté.

260 — Seau à rafraîchir en métal argenté.

261 — Deux petits légumiers sur plateau en métal argenté, intérieurs en argent.

262 — Deux légumiers réchauds en métal argenté, intérieurs en argent.

263 — Plateau rond en métal doré, décor à feuilles de vigne.

264 — Lot de réchauds et cloches en métal argenté.

265 — Ménagère à six places en métal.

266 — Ménagère à quatre flacons métal.

267 — Plateau ovale avec anses, de la maison Christophe.

268 — Lot de pièces diverses en plaqué.

269 — Nécessaire de voyage en argent doré et guilloché comprenant : assiettes, flacons, couverts, tasses, soucoupes, boîtes, salières, poivrières, etc.

270 — Nécessaire de toilette en métal doré.

271 — Nécessaire de toilette en métal doré et guilloché.

272 — Grand et beau nécessaire de toilette en argent guilloché et gravé dans un coffre en palissandre de Sormani.

273 — Petit nécessaire de toilette en argent, coffret en bois noir incrusté de cuivre.

ÉVENTAILS, OBJETS DE FANTAISIE

274 — Éventail laqué, décor or, feuille : *Vue d'une concession euro-péenne en Chine*.

275 — Éventail en ivoire sculpté, travail chinois, feuille peinte à figures de guerriers dans un char.

276 — Éventail en ivoire sculpté et repercé, feuille en application.

277 — Éventail Louis XV, monture en ivoire et nacre décorés, feuille gouachée : *Groupe de personnages chinois et européens*.

278 — Éventail en argent, filigrane doré et émaillé, feuille chinoise à scènes familières. Travail chinois.

279 — Éventail en nacre gravée et repercée à sujet Louis XV, feuille décorée d'un sujet breton.

280 — Éventail, monture en nacre gravée à ornements dorés appliqués, feuille à sujet champêtre Louis XV.

281 — Deux éventails en nacre rouge et jaune.

282 — Éventail en nacre noire ajourée, feuille en dentelle de Chantilly.

283 — Éventail, monture ivoire, décor vernis Martin représentant une réunion de jeunes femmes dans un parc. Époque Louis XV.

284 — Éventail, monture en ivoire, décor or et argent appliqué, feuille à sujet de jeune femme et de chasseur, médaillons d'amour et guirlandes. Époque Louis XVI.

285 — Éventail, monture en ivoire sculpté et peint Louis XV, feuille à trois médaillons, sujet galant et paysages.

286 — Éventail Louis XVI en écaille, ornements appliqués, feuille représentant le Travestissement.

287 — Trois petits éventails en nacre et métal. Époque I⁰ Empire.

288 — Éventail en ivoire repercé, parties dorées offrant un groupe de bergers et bergères auprès d'une fontaine.

289 — Éventail ivoire avec initiale V.

290 — Éventail à feuille décorée d'un sujet chinois.

291 — Éventail, monture nacre à incrustations d'or, feuille ornée de sujets grecs et du portrait de la Comtesse de Castiglione.

292 — Éventail, monture écaille brune, feuille ornée de papillons dentelles.

293 — Trois éventails ivoire.

294 — Éventail nacre, initiale V et faune.

295 — Éventail acier damasquiné, initiale V.

296 — Éventail ivoire teinté de couleurs rouges.

297 — Éventail en bois avec peinture. La comtesse en costume de paysanne, épiée par un paysan.

298 — Éventail nacre irisée.

299 — Éventail ivoire ajouré avec incrustations de petites fleurs roses.

300 — Éventail ivoire ajouré.

301 — Éventail bois sculpté, partie dorée.

302 — Éventail écaille brune.

303 — Éventail en soie verte semée d'abeilles et décorée des armes impériales.

304 — Quatre ombrelles à manches d'ivoire sculpté garnies en soie.

305 — Deux ombrelles manche ivoire.

OBJETS D'ART
TERRES CUITES, BRONZES
PORCELAINES ET BOIS SCULPTÉS

306 — Jardinière en verre, décorée de fleurs et d'oiseaux.

307 — Buire avec plateau en verre agatisé vert à ornements dorés.

308 — Quatre pièces, porte-burettes et huilier en verre de Venise.

309 — Un lot de coupes, verres, jardinières en verre de couleur.

310 — Ecuelle avec plateau en porcelaine de Capo di Monte.

311 — Petit plateau et couvercle en écaille.

312 — Jardinière en onyx, monture en bronze émaillé, couronnée par une statuette d'amour.

313 — Temple indien en moelle de sureau.

314 — Neuf groupes en ivoire sculpté. Travail indien.

315 — Paire de flambeaux formée par une femme en verre portant trois pots à lait, bronze doré.

3ı6 — Deux coupes et un groupe : *Vénus à la coquille*, en albâtre.

3ı7 — Jardinière en porcelaine, char traîné par des amours

3ı8 — Groupe en Saxe : *La Déclaration*.

3ı9 — Dix assiettes à dessert, porcelaine de Sèvres bleu turquoise et or, décor central à sujets galants.

32o — Assiette, porcelaine de Sèvres surdécorée, représentant la bataille d'Agnadel.

32ı — Vase balustre grès émaillé de Chine bleu empois.

322 — Vase en craquelé de Chine gris bleu.

323 — Bouteille en porcelaine de Chine, décorée de dragons en bleu.

324 — Coupe vide-poches en jade blanc à figures de femmes et d'enfants.

325 — Service à thé en porcelaine ivoire.

326 — Petit réchaud, forme ovoïde sur pied, bronze doré.

327 — Sabre d'officier de marine avec devise gravée sur la lame.

328 — Petite pirogue en filigrane d'argent.

329 — Poignard en argent nickelé. Travail russe.

330 — Presse-papiers formé par un casque surmonté d'un dragon, en doré orné de pierreries.

331 — Bouteille avec bouchon en argent. Travail indien.

332 — Un coffret à bijoux, en cuir.

333 — Petit écrin contenant quatre boîtes à poudre, en argent aux initiales de la comtesse de Castiglione.

334 — Coupe vide-poches, formée d'une écaille, supportée par des tritons et surmontée d'une statuette de Neptune couché, le tout en argent, socle marbre noir (prix de tir aux pigeons à Monaco).

335 — Porte-bouquets en cristal supporté par une cigale.

336 — Miroir, cadre en cuir avec ornements en reliefs.

337 — Deux sous-mains en cuir de couleur.

338 — Enveloppe de livre en velours rouge avec ornements formés d'applications en relief.

339 — Deux assiettes de Sèvres, à décors de personnages provenant du château des Tuileries.

340 — Encrier formé d'un petit navire en faïence émaillée bleue, avec accessoires et socle en bronze doré.

341 — Encrier formé d'un paon en faïence émaillée.

342 — Vingt et un presse-papiers en marbre, provenant de la démolition du château des Tuileries.

343 — Réveil-matin, bronze doré.

344 — Deux grands vases en verre rouge, à décors de cavaliers en or.

345 — Coupe en cristal.

346 — Tableau en marbre, pour indication des toilettes à mettre.

347 — Groupe porcelaine de Saxe: *La Diseuse de bonne aventure*.

348 — Statuette porcelaine de Saxe: *Jeune femme assise dans un fauteuil et tenant un livre à la main*.

349 — Statuette porcelaine de Saxe: *Jeune femme regardant l'heure à sa montre*.

350 — Statuette porcelaine: *Jeune homme jouant des cimbales*.

351 — Statuette terre cuite: *Enfant*.

352 — Statuette terre cuite: *La Cruche cassée*.

353 — Deux statuettes terre cuite : *Les Boudeuses*.

354 — Statuette terre cuite : *Religieuse*.

355 — Deux Amours, en bois sculpté et doré.

356 — Statuette bronze : *Religieuse*.

357 — Statuette terre cuite : *La Comtesse de Castiglione*.

358 — Vase en faïence de Delft.

359 — Buste de la Comtesse de Castiglione (Carrier, 1864), en plâtre.

360 — Jardinière ronde avec anses en porcelaine de Chine à décor bleu.

361 — Buste en plâtre, de Mme la Comtesse de Castiglione.

362 — Buste de jeune garçon, plâtre peint.

363 — Statuette en terre cuite par Auguste Moreau : *La Cruche cassée*.

364 — Un coffret noir, avec émaux.

365 — Coffret tout plaqué en bois de cerfs blanchis.

366 — Grand coffre à sept compartiments, en palissandre noirci à filets de cuivre avec enveloppe en cuir.

367 — Boîte ronde en laque de Pékin, plaquée de jade, monture bronze.

368 — Trois sujets viennois.

369 — Un sabot porcelaine.

370 — Six bocaux en cristal taillé.

372 — Presse-papier, tortue, en bronze.

373 — Pendule bronze doré, avec les phases de la lune, surmontée d'un chapiteau où se trouve le timbre. Socle bois d'ébène avec les armoiries de la Comtesse de Castiglione.

374 — Petite pendule bronze doré à rocaille. Socle bois doré.

375 — Pendule en marqueterie de cuivre et d'écaille ornée de bronzes. Style Louis XIV.

376 — Modèle de pendule en bois, ornements en bronze.

TABLEAUX ET GRAVURES

ET

PORTRAITS DE LA COMTESSE DE CASTIGLIONE

377 — **BORIONI.** *Portrait de Madame la Comtesse de Castiglione.*
Dessin rehaussé.

378 — **GIRAUD (G.).** *Portrait de Madame la Comtesse de Castiglione, vêtue d'une robe bleue décolletée.*
Grand pastel ovale. Cadre doré.

379 — **GOTTI (Ferdinand).** *Portrait d'enfant travesti en grand'-maman.*

380 — **ECOLE MODERNE.** *Portrait de Madame la Comtesse de Castiglione, revêtue d'un châle de Chantilly.*

381 — **ECOLE MODERNE.** *Religieuse en extase.*

382 — *Portrait de Madame la Comtesse de Castiglione en robe bleue décolletée.*
Gouache.
Cadre doré médaillon.

383 — *Série de portraits rehaussés de gouache et aquarelle de Madame la Comtesse de Castiglione.*
(Sera divisé.)

384 — CORRÈGE (Attribué au). *Danaé.*

> Cadre sculpté italien.

385 — ECOLE ITALIENNE. *Le Guerrier captif de l'Amour.*

386 — ECOLE FRANÇAISE. *Jeune femme en costume de Romaine, debout près d'un temple de Vesta.*

> Cadre bois sculpté.

387 — ECOLE FRANÇAISE. *Portrait de jeune fille tenant une colombe.*

388 — MARKO JUNIOR. *Paysage d'Italie.*

> Cadre sculpté et doré.

389 — MOULIGNON. *Jeune femme couchée et l'Amour.*

390 — ROMANI. *Gerbe de lilas et boules de neige.*

391 — *Portrait d'homme accoudé, vêtu d'une robe de chambre.*

392 — *Portrait de jeune femme.*

> Pastel.
> Cadre forme câble doré.

393 — DRANER. *Dragon anglais avec légende : « Non, les absents n'ont pas toujours tort ».*

> Aquarelle.

394 — HILDEBRAND. *Négresse.*

> Aquarelle datée 1843.

3g5 — LINDER (P.). *La Visite du directeur.*
Aquarelle.

3g6 — LINDER (P.). *Faites le Beau !*

3g7 — LINDER (P.). *Si jeunesse savait.*

3g8 — LINDER (P.) *Si vieillesse pouvait.*
Deux dessins rehaussés.

3g9 — Deux gravures : *Médaillons bois sculpté et vernissé fleurs.*

400 — Quatre sous verre : *Aquarelles à personnages : Louis XV dans son parc.*
Cadre bois sculpté.

401 — Douze tableaux à personnages chinois peintures sur parchemin.

402 — Deux gravures : *Jeunes femmes en déshabillé.*

MEUBLES

403 — Deux ecrans dyptiques en bois de fer avec applications de matières dures, travail chinois.

404 — Table en bois de fer sculpté, style chinois.

405 — Table de nuit en bois noir incrustée d'ivoire et d'écaille. Epoque Louis XIII.

406 — Glace biseautée, cadre en bois noir guilloché. Style Louis XIII.

407 — Petite table à étagère, bois laqué blanc et rose. Style Louis XVI.

408 — Deux commodes en bois noir filets d'ivoire et ornées de bronze. Travail italien, XVIIe siècle.

409 — Cabinet en bois noir incrusté d'ivoire à figure d'hercule et d'oiseaux. XVIIe siècle.

410 — Cabinet en palissandre incrusté d'ivoire à colonnettes détachées. XVIIe siècle.

411 — Prie-Dieu en bois noir, incrusté d'ivoire, ornements en bronze. XVIIe siècle.

412 — Armoire normande à étagère. Louis XV.

LIVRES

413 — Histoire des Princes de Condé, par le duc d'Aumale. Volume relié avec dédicace de l'auteur

414 — Le duc d'Aumale, par le commandant Grandin — avec autographe de la Comtesse de Castiglione. 1 vol.

415 — Histoire des Princes de Condé, par le duc d'Aumale. Volumes brochés dont un avec dédicace.

416 — Livre de messe en langue italienne, reliure en nacre aux initiales de la Comtesse de Castiglione.

417 — Les Heures illustrées. Livre de prière, édition Curmer. reliure en velours bleu ornée des armes de la Comtesse de Castiglione, en or émaillé.

418 — Henri de France, par Henri de Pène. Edition de chez Oudin (1 volume).

419 — Imitation de Jésus-Christ, traduit en vers par Pierre Corneille. Edition de la Société de Saint-Augustin (1 volume).

420 — La Dame aux Camélias, par A. Dumas fils. Edition de Quantin (1 volume).

421 — Souvenirs intimes de la cour des Tuileries, par Mme Carette — 1 volume broché annoté par la Comtesse de Castiglione.

422 — Les Perles Rouges, par le comte de Montesquiou — 1 volume broché avec notes de la Comtesse de Castiglione.

423 — Un recueil de vers manuscrits sur les princes et princesses de la maison de Savoie. dans une reliure velours noir aux armes de la maison de Savoie.

424 — Le livre et les mystères de la Bienheureuse Vierge Marie. Edition Charpentier avec enluminures et riche reliure (1 volume).

425 — Sainte-Elisabeth de Hongrie, par Montalembert. Édition de Mame (1 volume).

426 — Un lot de volumes reliés (Histoire littéraire, etc.) Sera divisé.

DENTELLES, FOURRURES, CACHEMIRES

LINGE DE CORPS ET GARDE-ROBES

427 — Coupe de Valenciennes avec entre-deux en soie lilas.

428 — Six pièces : volants, fanchon, barbe et bas de jupe en dentelle métallique rose.

429 — Volant en ancien point de Venise (environ 3ᵐ25.)

430 — Mouchoir garni de guipure, bordure dentelle vénitienne.

431 — Mouchoir garni de guipure, bordure dentelle vénitienne.

432 — Deux Barbes, ancien point d'Angleterre.

433 — Volant en ancienne guipure de Venise (environ 2ᵐ80).

434 — Volant en ancienne dentelle de Venise.

435 — Col et manches en vieux point d'Angleterre.

436 — Barbe et deux morceaux en vieux point d'Angleterre.

437 — Deux coupes de tulle brodé.

438 — Une coupe de dentelle de Venise.

439 — Dessous de calice en guipure de Venise.

440 — Deux mouchoirs en batiste garnis de Valenciennes.

441 — Col, mouchoir et manches en application.

442 — Voilette en application.

443 — Coupe de Valenciennes bordure dentelée.

444 — Fanchon en application.

445 — Lot de petites coupes en Valenciennes.

446 — Une écharpe de Valenciennes sur fond de soie bleue.

447 — Deux coupes de Valenciennes, bordure à feuillage.

448 — Chemisette garnie en point d'Alençon.

449 — Deux coupes de Valenciennes avec entre-deux de soie bleue.

450 — Volant en application.

451 — Deux coupes de Valenciennes à bordure dentelée.

452 — Devant de robe garni en Valenciennes.

453 — Petit mantelet en application de Bruxelles.

454 — Un lot de bonnets en guipure garnis de Valenciennes.

455 — Robe de tulle violet garni de point d'Angleterre.

456 — Robe de tulle blanc, volants en Chantilly.

457 — Costume en moire blanche.

458 — Lot d'écussons, d'armoiries brodés sur étoffe.

459 — Trois crêpes de Chine brodés, rouge, blanc, noir.

460 — Un tapis de table en soie de Chine brodée, fonds gros bleu à décors de personnages.

461 — Cinq châles en cachemire de l'Inde.

462 — Un lot de fourrures en hermine.

463 — Une sortie de bal en ours blanc.

464 — Un collet en martre.

465 — Lot de chemises, camisoles et jupons garnis de Valenciennes.

466 — Lot de costumes et garde-robe soie brodée et autres.

467 — Quantité d'étoffes brodées et coupes de soie. Morceaux.

468 — Un lot de linge de table en damassé (sera divisé.)

469 — Un fort lot de coupes et coupons soie (sera divisé).

470 — Objets non catalogués.